Bromas en la selva

Cynthia Rider • Alex Brychta

OXFORD
UNIVERSITY PRESS

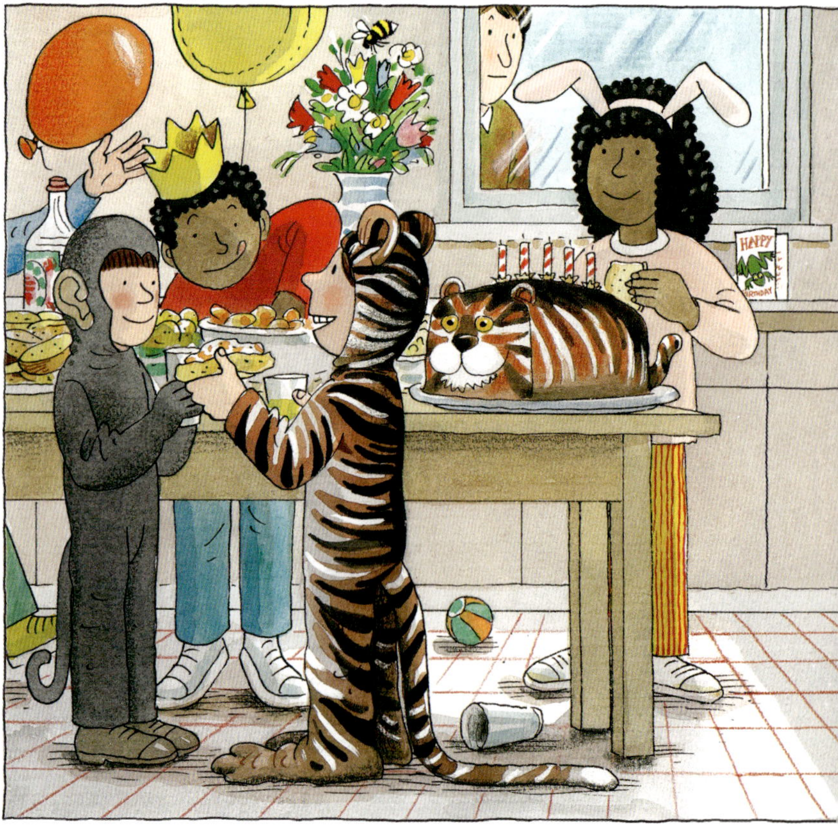
HAPPY
BIRTHDAY

Flas soñaba que estaba
en la selva.

Un tigre apareció.
«¡Te tengo!», dijo.

«Voy a engañar al tigre», pensó Flas.

«¡Cuidado! Tienes una abeja en la nariz», le dijo.

«¡Oh, no!», dijo el tigre,
y dejó escapar a Flas.

Un cocodrilo apareció.
«¡Te tengo!», dijo.

«Voy a engañar
al cocodrilo», pensó Flas.

«¡Cuidado! Tienes una abeja en la nariz», le dijo.

«¡Oh, no!», dijo el cocodrilo,
y dejó escapar a Flas.

Una serpiente apareció.
«¡Te tengo!», dijo.

«Voy a engañar
a la serpiente», pensó Flas.

«¡Cuidado! Tienes una abeja en la nariz.», le dijo.

«¡Oh, no!», dijo la serpiente,
y dejó escapar a Flas.

Un conejo apareció.

«¡Te tengo!», dijo Flas.

«¡Cuidado!», dijo el conejo.
«Tienes una abeja en la nariz.»

Bzzzzzzz!
«¡Oh, no!», gritó Flas.

Recuerda la historia

¿Por qué el tigre dejó escapar a Flas?

¿Qué harías si tuvieras una abeja en la nariz?

¿Qué crees que sintió Flas cuando vio la abeja en su nariz?

¿Alguna vez has gastado una broma divertida a alguien?

¿Quién soy?

Imita con gestos y sonidos algunos de estos dibujos.

> Busca en la primera escena al niño que está celebrando su cumpleaños.
> ¿Qué canción le cantarías?